AF360128

29 Janvier 1910.

marqué
99 P

VENTE DU SAMEDI 29 JANVIER 1910

HOTEL DROUOT, SALLE N° 11

à deux heures

OBJETS D'ART

ET

D'AMEUBLEMENT

FAIENCES & PORCELAINES

OBJETS DIVERS

PENDULES, BRONZES, BOIS SCULPTÉS

MEUBLES ET SIÈGES

EXPOSITION PUBLIQUE

LE VENDREDI 28 JANVIER 1910

De 1 heure 1/2 à 5 heures 1/2

COMMISSAIRE-PRISEUR

Mᵉ HENRI BAUDOIN

Successeur de M. Paul CHEVALLIER

10 rue Grange-Batelière

EXPERTS

MM. MANNHEIM

7, rue Saint-Georges

PARIS

CONDITIONS DE LA VENTE

Elle sera faite au comptant.

Les adjudicataires paieront *dix pour cent* en sus des enchères.

Paris. — Imp. de l'Art. CH. BERGER, 41, rue de la Victoire.

DÉSIGNATION

FAIENCES ET PORCELAINES

1 — Six corbeilles variées en ancienne faïence blanche.

2 — Deux bouteilles en ancienne faïence de Delft : fleurs et oiseaux en bleu.

3 — Deux autres analogues, à cols renflés. Même faïence.

4 — Deux petits plats variés en ancienne faïence de Delft : compartiments et palmettes en bleu.

5 — Potiche avec couvercle en ancienne faïence de Delft : fleurs, oiseaux et lambrequins en bleu.

6 — Petit plat oblong en ancienne porcelaine de Chine : fleurs et rubans.

7 — Tableau formé de carreaux en ancienne faïence hollandaise : Arlequin, en camaïeu violet.

8 — Grosse bouteille, à décor de fleurs, en porcelaine de Chine.

9 — Vase émaillé gros bleu. Même porcelaine.

10 — Statuette de Cheou-lao. Même porcelaine.

11 — Grosse bouteille, décorée de rinceaux, en porcelaine de Chine. Fin de l'époque Kien-lung.

12 — Deux potiches avec couvercles, réserves sur fond vert-pâle. Porcelaine de Chine.

13 — Compotier octogone, orné d'ustensiles de style chinois. Ancienne faïence de Rouen.

14 — Statuette de vestale faisant un sacrifice. Porcelaine de Saxe-Marcolini.

15 — Assiette : fleurs. Ancienne porcelaine de Saxe.

16 — Deux assiettes : fleurs. Ancienne porcelaine de Boissette.

17 — Théière : fleurs. Ancienne porcelaine
de Rudolstadt.

18 — Deux corbeilles, décorées de fleurs, en
ancienne porcelaine tendre d'Alcora.

19 — Pot de toilette en ancienne porcelaine
blanche de Mennecy.

20 — Soucoupe et tasse : fleurs. Ancienne porcelaine tendre de Sèvres.

21 — Théière, ornée de figures, en ancienne porcelaine de Chine. Époque Kien-lung.

22 — Théière avec couvercle : fleurs. Même
porcelaine.

23 — Plat à barbe : fleurs et oiseaux. Ancienne
porcelaine de Chine.

24 — Sucrier, décoré de fleurs en vert. Ancienne faïence de Marseille.

25 — Hanap-casque : fleurs en bleu. Ancienne
faïence de Rouen.

26 — Petite potiche avec couvercle, décor bleu de style chinois. Ancienne faïence hollandaise.

27 — Deux cornets de pharmacie, à décor de rubans et fleurs. Ancienne faïence française.

28 — Statuette de Diane en ancien biscuit.

29 — Cache-pot, décoré de fleurs sur fond vert. Ancienne porcelaine de Chine.

30 — Petit plateau lobé, décoré de fleurs. Ancienne faïence du Midi.

31 — Petite jardinière - applique. Ancienne faïence de Rouen.

32 — Pot ovoïde côtelé, à couvercle, décoré de médaillons en bleu. Ancienne porcelaine de Chine.

33 — Deux petites potiches, ornées de grappes de raisin en bleu. Même porcelaine.

OBJETS DIVERS

34 — Deux statuettes, grandeur nature, en terre
cuite : le Garde à vous, et son pendant, d'a-
près FALCONET.

35 — Médaillon ovale en marbre blanc : Profil
de femme en bas-relief. Cadre en bois
sculpté.

36 — Deux statuettes en marbre blanc : Enfants
debout, tenant des porte-lumières. Travail
italien.

37 — Trois miniatures variées : Portraits
d'homme et de femmes.

38 — Christ en ivoire, dans un cadre en bois
doré.

39 — Clé en fer repercé.

40 — Deux éventails, à montures d'ivoire,
feuilles peintes à personnages. xviiie siècle.

41 — Porte-huilier et deux salières doubles en
argent. Époque Restauration.

42 — Deux moutardiers variés en argent. Époque Restauration.

43 — Statuette en ivoire : la Vierge debout, les bras croisés sur la poitrine.

44 — Coffret en cristal, monté cuivre.

45 — Petite sphère en faïence, à décor de personnages.

46 — Petite embase double en bronze doré.

47 — Six manches de Kotzuka japonais.

48 — Broche or, avec peinture sur émail.

49 — Miniature provenant d'un manuscrit : la Mise en croix. Fin du xve siècle. Encadrée.

5o — Volume : *Libri prophetarum*, Paris, 1526. Relié.

51 — Forcettes en acier et nacre. xviie siècle.

52 — Petite tête d'adolescent en terre cuite, de style antique.

53 — Fragment de kahlian en argent émaillé.

54 — Petit support en argent et nacre.

55 — Miniature ovale : Portrait de femme en buste, en costume Louis XVI.

56 — Vitrail, présentant un homme d'armes.

57-58 — Trois vitraux, présentant chacun un personnage accompagné de sa femme.

59 — Vitrail, présentant douze personnages.

60 — Tableau de sainteté. Cadre en écaille incrustée de nacre.

61 — Peinture sur cuivre : Sainte Madeleine. Cadre en glace.

62 — Deux petits cadres en bois doré à moulures.

63 — Deux statuettes en argent : Saint Pierre et Saint Jacques le Mineur.

64 — Boîte à violons pour deux instruments, plaquée d'acajou. Elle contient deux archets.

65 — Coupe de dentelle noire.

PENDULES ET BRONZES

66 — Pendule sur socle-applique en marqueterie de cuivre sur écaille, garnie de bronzes tels que figure de Diane, amour, etc. XVIIIe siècle.

67 — Horloge de table en cuivre gravé à fleurs. XVIIe siècle.

68 — Statuette en bronze à patine verte : le Temps debout. Commencement du XIXe siècle. Socle en marbre.

69 — Statuette en bronze : Femme debout, drapée à l'antique. XVIIe siècle. Socle en marbre bleu-turquin.

70 — Petit groupe en bronze : la Flagellation.

71 — Statuette en bronze patiné : Femme debout, drapée à l'antique et tenant un style dans la main droite. Socle en marbres blanc et bleu-turquin.

72 — Statuette d'enfant nu, debout, en bronze. Commencement du XIXe siècle. Socle en marbre vert.

73 — Statuette en bronze : Neptune nu, debout, tenant son trident. Socle en marbre de couleur.

130 74 — Deux chenets en bronze, à boules et balustres. Fin du xviiie siècle.

100 75 — Deux chenets en bronze, à boules, entrelacs et mascarons.

76 — Deux flambeaux-colonnettes en cuivre.

77 — Deux petits flambeaux-balustres en cuivre rouge.

78 — Deux coupes en bronze, à sujets mythologiques.

79 — Statuette en bronze : Mercure, d'après JEAN DE BOLOGNE.

320 80 — Pendule sur socle-applique en marqueterie de cuivre sur écaille, ornée de bronzes. xviie siècle.

160 81 — Deux candélabres, à deux lumières, en bronze doré, à figures de personnages debout. Sur socles à draperie.

82 — Deux appliques en bronze à trois lumières et en forme de cercles. Fin de l'époque Empire.

83 — Pendule en bois noir, garnie de bronzes.

84 — Pendule en bois peint gris et or.

85 — Pendule en bronze doré, à mouvement supporté par deux cornes d'abondance et une lyre. Commencement du xixe siècle.

86 — Autre, avec statuette allégorique de l'Étude. Même époque.

87 — Autre avec statuette de Zéphire. Même époque.

BOIS SCULPTÉS

88 — Grand portique en bois sculpté, peint et doré, du temps de Louis XVI.

89 — Bas-relief en bois sculpté et peint : Figure de femme martyre. xvi⁰ siècle.

90 — Encadrement en bois sculpté.

91 — Deux colonnes en bois sculpté, à cannelures et pampres. xvii⁰ siècle.

92 — Deux statuettes-appliques en bois sculpté : Anges portant des reliquaires.

93 — Deux statuettes en bois sculpté : Personnages agenouillés.

94 — Deux bas-reliefs en bois sculpté : Saints personnages.

95 — Cadre ovale en bois sculpté, à fleurs et rubans.

96 — Tabernacle en bois sculpté et peint, à colonnettes et guirlandes, surmonté de statuettes : Saint personnage et anges. Travail italien.

97 — Statuette en bois sculpté : Personnage debout, couronné, tenant un livre.

98 — Groupe en bois sculpté : la Vierge et l'Enfant.

99 — Statuette en bois sculpté : Evêque debout.

100 — Cinq statuettes variées en bois sculpté : Apôtres et saints personnages debout.

101 — Statuette en bois sculpté et doré : Saint Pierre debout.

102 — Bas-relief applique en bois sculpté : Sainte femme.

103 — Statuette-applique en chêne sculpté : Évêque debout.

104 — Petit groupe en bois sculpté : Sainte femme portant une église, avec personnage agenouillé à côté d'elle.

105 — Trois pièces en bois sculpté : Têtes de chérubins.

106 — Deux statuettes en bois sculpté : la Vierge et Saint Jean, debout. Socles en bois,

107 — Deux petites têtes de chérubins en bois sculpté.

108 — Trois pièces en bois sculpté : Groupes et statuettes, du xvie siècle.

109 — Petit cadre à fronton en bois doré, contenant un Christ en ivoire. xviie siècle.

110 — Petit bas-relief en bois sculpté, à sujet saint. Travail gréco-russe.

111 — Grand cadre en bois sculpté et doré, à feuillages, du xviiie siècle.

112 — Petit cadre en bois doré et glace, contenant un Christ en ivoire.

113 — Cadre en bois doré, contenant un Christ en ivoire. xviie siècle.

MEUBLES

114 — Fauteuil en bois sculpté, à rocailles, du xviiie siècle.

115 — Table de nuit en bois de placage, à abattant.

116 — Deux petites tables variées en marqueterie.

117 — Table de nuit, contenant deux tiroirs, en bois de placage.

118 — Bureau-bonheur-du-jour en marqueterie à fleurs.

119 — Six chaises en bois sculpté, à rocailles, du xviiie siècle, couvertes en velours rouge.

120 — Chiffonnier à huit tiroirs en bois de placage. Dessus de marbre.

121 — Petite armoire, à deux portes superposées, en bois sculpté, à motifs gothiques.

122 — Vitrine plate ronde en bois peint gris.

123 — Petit trumeau en bois sculpté et peint gris : Attributs. Époque Louis XVI.

124 — Quatre fauteuils Louis XVI en bois sculpté peint blanc et doré, à décor de cannelures et rubans, couverts en velours rouge.

125 — Deux fauteuils Louis XVI en bois sculpté, à cannelures, couverts en damas jaune.

126 — Petit canapé, couvert en satin blanc brodé à fleurs et oiseaux.

127 — Tabouret en bois, couvert en tapisserie au point à fleurs, du XVIIe siècle.

128 — Deux fauteuils en bois sculpté : rocailles et fleurs, couverts en damas chaudron.

129 — Deux fauteuils Louis XVI en bois sculpté et peint, à décor de cannelures et rubans, couverts en satin blanc broché à fleurs.

130 — Meuble à hauteur d'appui, ouvrant à deux portes, en bois sculpté à décor de têtes de chérubins et rosaces. XVIIe siècle.

131 — Deux petites armoires en bois sculpté,
munies chacune d'une porte ornée d'une
rosace.

400

132 — Coffre en bois sculpté, orné de panneaux
à fenestrages gothiques. Serrure en fer.

145

133 — Bois de fauteuil sculpté, à cannelures.
Fin du xviiie siècle.

134 — Deux chaises légères, sièges en tapisserie
au point.

135 — Cabinet plaqué d'ébène, à décor de fleurs
et moulures guillochées. xviie siècle.